현대시세계 시인선 110

나는 무엇으로 만들어진 책일까

이가영
시집

나는 무엇으로 만들어진 책일까

이가영
시집

도서
출판 북인

시인의 말

등단을 하고 십 년 만의 외출이다.
마중 나온 손, 잡는 것도 서툴러서 자꾸 미끄러진다.
마중물 한 바가지 더 붓고 겨우 끌어올린 물
열일 다 재치고 마중 나온 손
조심스럽게 잡아본다.

2020년 새해 아침

차례

1부

무당벌레

비행학교 나온 무당벌레
강가 모퉁이 돌다가 묻은 물방울 제복
때글때글 대쪽 같은 팥알 같은 성격 탓에
여성 최초 파일럿,
하늘은 파랗다 못해 눈이 부신
첫 비행 전세기를 타고
날아오르는 물방울, 물방울들
조금만 방심해도 쏟아질 것 같은 불안증세 보이는
현기증난다는 그대들이여,
어디까지 비행해봤나 묻지 마라
아슬한 절벽 부딪힐 일은 추호도 없으니
너희들이 꿈꾸는 세계를
수천 번 비행 연습했다는 거
비행을 해보지 않고서는 날개에 대해 묻지 마라
희뿌연 안개꽃 피어도
별 가까운 먼 도라지밭까지 갔다 돌아오는,
나에게라는 삶은 추락이란 실수는 없으니

버드나무사내

강가에 버드나무는 물고기를 낚는다
바람 불면
낚싯대 드리우고
강을 굽어보고 있다

조용하던 물결이 찰랑거리면
버드나무는 어린 버드나무에게 물고기 낚는 법을 가르친다
물고기는 쌉싸름한 향에 걸려들 것이라고 했던
아버지는
예순둘에 뇌졸중으로 돌아가셨다

버드나무를 보면 안다
나뭇가지가 한쪽 방향으로 휘청거리면 월척이라는 것
찌릿찌릿한 손맛을 느낄 때는
새들도 버들가지에 앉지 않는다

텅 빈 마음 가득 채우는
어느 날
둑길을 걷는데 아버지가 강가에서
척척 걸리는 물고기를 낚느라 꼼짝 않고 있었다

저문 강에 나가보면
세상 떠난 이가 남기고 간
낚싯대 드리운 버드나무가 꼭 하나씩 있다

해가 海歌

여행을 떠나는 날 바다가 나를 잡아당겼다
철쭉 향기 몇 점 힐끔 나를 쳐다보고는
모르는 척 민박집으로 들어가고
붉은 그림자는 돌아보지도 않았다
아가리 큰 파도가 나를 덮쳤다
한 걸음도 내딛지 못하고 바다에 갇혔다
갈매기들이 고깃배 세워둔 채
돌려보내주소오, 돌려보내주소오.
길게 소리를 쳤다
수문을 열고 나오라고 소리를 쳤다
수문이 열리고 닫히는 동안
나는 물고기 신발을 신고 있었다
비린내 가득한 저녁으로 헤엄쳐 나온 나는
바다와 오랫동안 부부로 살았던 걸까
부드러운 미역줄기 같은 검은 머리가 길게 자라
몸에서 비린 냄새 지독하게 풍겼다
용궁나라에서 내가 발이 넷인 아이를 낳았다고 했다
내가 낳은 어린 게가 잠에서 깨어나 울며
해안까지 뻘뻘뻘 기어나와
엄마, 엄마, 부르는 소리 들리는 것 같았다

나를 돌려보내주고는 파도는 발꿈치가 깨지도록
달려나오다 되돌아가고 달려나오다 되돌아가고
달려나오다 또 되돌아가고
그 짓을 수없이 되풀이를 하더니
마음까지 멍든 바다는 나를 잊지 못하는 것인지
문득 들리는 풍문으로
아직도 울음이 멎지 않는다고 했다

노란 민들레

휴대폰 없는 사람 없다
이것은 일류와 소통하는 장치

카카오톡이란,
저 멀리 꿈속에서 네게로 보내는 말

요즘 민들레도 카카오톡에 빠져 산다

문 밖으로 꽃들을 불러내려고
사방천지 말풍선이다

오늘은 단체 톡을 하는 모양이다

배경 사진이 예쁜 푸른 들판
여기서도 깨똑, 저기서도 깨똑
깨똑, 깨똑

방금 내가 보낸 말풍선,
전송되지 않고 풀밭에 떨어져 있다

수석
— 청송 꽃돌

돌덩이 속에도 씨앗이 있었구나,
가을 화석은 국화꽃을 화사하게 피우고 있다
물을 주고 크림을 발라주는 날은
세상 어떤 국화꽃보다 더 환한 빛을 품는다
가까이 다가가 꽃술 깊숙이 들여다보면
우리 집 피아노 소리와 물소리가 흐르고 있다
손 뻗어 건드리면 딱딱한 울음들이 잡히는 것은
단 한번도 향기를 울컥울컥 토해내지 못한 까닭일 게다
울어본 적 없는 꽃의 뿌리가 문갑 밑으로
침대 밑으로 제멋대로 뻗으면
침대 위에 꽃잠 자는 아이 발꿈치부터 시작해서
키 큰 장롱까지 이파리 퍼렇게 자라
주먹만 한 꽃이 숭어리, 숭어리 필 것이다
아이의 꿈은 조용조용 꽃잎 속으로 숨어들어가
더 예뻐지려고 꽃물 든 손으로 꽃단장을 할 것이다
그런 날은 아마 대낮같이 환해져서
불을 밝히지 않아도 될 것 같다
그런 날이 오면 닫아버린 향기도
음악처럼 흘러나올 것이고
나는 향기를 먹고 사는 꽃방을 가진
한 그루 꽃나무가 되어 더없이 행복할 것이다

새를 삼킨 유리창

펜션 유리창에 새가 부딪쳐 죽었다 오층 건물에 산빛이 아슬아슬하게 걸려 있다 정오의 햇볕이 이동하면서 산꼭대 기까지 반사되는 것을 보고 조류학자들은 유리창이 초록 그물을 짜기 시작하는 것이라 한다 먹이를 찾아나서는 새 가 빠른 속도로 날다보면 그가 쳐놓은 덫에 여지없이 덜컥 걸려든다 새는 얼핏 비치는 나무의 반영에 속고 허공에 속 고, 속고, 속고, 그는 속이 비어 있을수록 눈동자가 빛을 내 뿜으며 반짝인다 그런 눈빛이라면 전혀 움직임 없는 파피 루스가 무성한 물가에 사는 하시비로코우* 새처럼 먹이를 찾아나서지 않아도 될 것 같다 세상을 굽어보고 있던 유리 창은 굳이 새가 오지 않을 때는 달라붙어 떨어지지 않는 구 름을 뜯어먹기도 한다

*아프리카에 분포하는 대형 황새, 넓적부리황새,

저 물웅덩이는 비의 첫차다

맨 먼저 올라탄 빗줄기가
한여름 느티나무정류장 출발할 때면
수국미용실 앞에 있는 빵집가게 우리 마을에는
빵빵하게 부풀어 오른
달콤상콤
봉선화가 맛있게 익어가고 있다
마카롱 맛집
습한 등 첫차에 몸을 싣는다.
자동차 바퀴가 만들어놓은 저 물웅덩이 비를 싣고

풋사과 한 바구니 사서
내가 이 버스를 타기도 전에
쏜살같이 올라탄
분홍꽃신 신은 꽃잎 하나,

눅눅한 먹구름 뜯어먹은
정류장 앞은 여전히 비는 내리고

사랑 참, 어렵죠잉?

사랑에도 기술이 필요하듯 연애를 책으로 배우는 나비
달달한 로맨스가 가득 차 있는, 솔로 탈출기 책을 펼친다

가끔 자유를 꿈꾸다가도 치명적인 외모에 빠지게 되면
실패할 확률이 높으므로
나비는 알고 있는 지식 총동원해 꽃잎에 앉는다

연애 휴식기 접어들면 극도로 예민해져
뜨겁게 흔들어놓을 책을 펼친다
이론으로 배우는 사랑은 베르사체 에로스 향수와 같아
에로스 화살이 부러질 수 있다는 것도 너무 잘 아는
그럼에도 불구하고
나비는

책의 요구대로 머릿속에 끝없는 상상의 나래가 펼쳐지면
자신의 열정에 못이겨 미친 듯이 사랑에 빠지다 빠르게
접는다

사랑 참, 어렵죠잉?

나는 왜

잡힐 듯 잡히지 않는 사랑에 집착하지,

내가 보낸 연애편지는 읽어는 봤냐

연애의 기술이 책이 전부가 아니라는 걸

꽃과 나비

나비와 꽃

언제 또 연애가 시작될지

나비의 책 애처로이 낡아가고 있다

연꽃사원

분홍코끼리가 산다는 강 하류
내가 건널목 건널 때 포도밭 건너 저 멀리
코끼리, 강 건너는 누 떼처럼 연꽃사원 가고 있었다
잎 푸른 초록 귀끝만 보이다가
분홍 뒷모습만 보이며 가고 있었다
분홍코끼리는 죽으면 시체를 갠지스 강에 버리듯
불에 태우거나 강물에 던지지는 않는다
분홍코끼리를 숭배하는 연꽃나라에서는
재단에 코를 올려놓고 절을 올리거나
코를 잘라 먹기도 한다는데
불경스럽게도 죽은 코끼리를 기리는 신성한
방식은 코를 엮어 진흙 깊이 모셔두는 것이다
코가 길게 자라지 않았다면 끼리였을지도
옛 이야기에 따르면
문무왕 수중릉처럼 연못에 코를 모시고부터
자라던 코가 멈췄다는
분홍코끼리는 다른 동물들과 다르게
코로 먹이를 먹는 유일한 동물이기 때문에
코만 잘라 먹는다
숭고한 날, 내가 너무 늦게 도착했나

뮤신도 수도승처럼 누워서 자지 않고 서서 졸음을 이길 걸
좀 일찍 와서 종소리 닿는 어딘가에 몰래 숨어 기다릴 걸

자두와 국방색아버지

배 한 박스 배달이 왔다. 배
옛날 월급봉투처럼 노란 봉투에 싸여 있었다
가족수당 붙은 웃거름 많이 주어 두툼한
배 한 알 꺼내 깎는데
이끼 돌담 두 평의 그늘가마떼기와 자두
새끼 꼬고 계신 국방색아버지가 손끝에서 줄줄 풀려나왔다
지구 몇 바퀴 돌았는지 기억도 없는
제비뽑기 용돈도
노란 봉투도 안 끊기고 함께 딸려나왔다
비탈길에 배꽃 하얀 빛은 기억해도
노란 월급봉투 기억하는 사람은 많지 않다
노란 덧니가 자꾸만 웃는다
빨간 자두 한 입 베어문 누른 금니가 반짝인다
국방색아버지 앉은키의 옛집 딸과
지워진 기억들이 흑백으로 인화되고 있었다

애기똥풀

봄에 태어난 아가가 싼 황금 똥은
버릴 게 없다
떠먹는 망고 아이스크림같이
꿀벌들이 저마다 숟가락을 들고 나타난
침 잔뜩 발린 진천에 깔려 있는
신생아실
건강한 똥만 싸는 꽃은 웬만해선 울지 않는다
두 다리 한꺼번에 번쩍 들어올려 기저귀 갈 때 뭉클하다
몽고반점 유난히 푸르른

변비의 고통은 잠시 안녕

바다가 푸른 것을 나는
변비의 고통이라는 걸 전혀 눈치채지 못했다

서녘 하늘
온힘을 다해 세상 근심 밀어내는
한 점 부끄러움 없는 저 뒤태,
파도는
갯바위 밑에 감춰둔
젖은 크리넥스를 뽑아주었다
살다보면 별일 다 있듯

저녁 바다에 왔다가
심한 변비의 출혈을 바라봐야만 했다
먹고 비운다는 것은
가득 차 있을 때 몰랐던 풍경이 비로소 보이기 시작하는 것
변비의 고통은 잠시 안녕,

바닷가 커다란 문이 있는 화장실,
내가 얼마나 아픈지
얼마나 힘들었는지 석양빛이 유난히 붉다
붉은 빛이 꽉 들어차 있다

옹산 동백꽃

까멜리아 동백꽃 활짝 피었다
빨간 스쿠터보다
만개한 겨울은 먼저 옹산에 도착했다
동백꽃 성 뭐랬더라 그냥 동백이
"누가 네 이름 뭐냐 물으면 그냥 일곱 살 동백꽃."
가지마다 이렇게 따숩고 맑은 용식이 애틋함이 돋아나는데
어린 아들 눈에 밟혀 빨갛게 울었다
상처 많은 겨울바람 속에서도
열병 같은, 빛깔 고운 봄은 오고 있었다
동백꽃이 말했다
"사람이 그리웠나 봐요 관심받고 걱정받고 싶었나 봐요."
"날 걱정해주는 사람 하나가 세상을 바꿔요."
시골 황구처럼 동백꽃 피는 곳이면 어디에든 쫓아다니는
용식이
아픈 햇살 다시 포르르 살아나는
죽은 나뭇가지에 꽃이 피듯
잡지책 부록 같은 박복한 인생
땅만 보며 피는 꽃
한 사람이 자꾸 고개 들게 만드는
옹산 동백꽃

*대화체는 드라마 〈동백꽃 필 무렵〉 대사.

29

목련나무

겨울 태생 털북숭이 남자는
두 손을 꼭 가리고 재채기를 한다

봄에 태어난 여자는
입을 크게 벌리고 하품을 한다

소심한 남자와 소탈한 여자
목련나무회사 사내 커플

언제 국수 먹여줄지
뜰 앞 십 년째 자줏빛 열애 중이다

제비 날아가고 가끔
잔치국수 내기 민화투를 쳤다

전해오는 말로는
소심한 남자는 겨울에 화촉 밝히자 하고
소탈한 여자는 봄에 화촉 밝히자 했던
이딴 말 다 오해였다

봄이라고 다 똑같은 봄은 아니다
밥처럼 물리지 않는 게 결혼이라며
좀 더 사귀어 보고
국수발처럼 똑 부러지게 말하는 여자

한번도 열린 적 없는 남자의 입이 열린 듯 말 듯

목련나무회사 목련과 아가씨들
저 둘 결혼 할까 말까
점심 내기 사다리타기 메뉴는
영원한 사랑 아닐까

떡볶이와 군만두 한 접시에 나오는 단짝 같은
사랑,

봄은, 바바리맨처럼 느닷없이

벚꽃, 목련꽃 무더기 뒤집히고
황급히 달아나다 나자빠진
보라, 멍든 제비꽃
낯빛 백지장 흰 민들레
후들거려 꼼짝 못하고 주저앉은 봄,
번개처럼 뭔가 후딱 순식간에 지나간 듯하다
강가 빨래터 가는 길
모래차 덤프트럭 봄내 가득 싣고 급정거한 자리
대낮에 아이들 도망치게 하는 몽둥이 흔들린다.
환장하고 환장할
못 볼 꼴 본 뒷집 할머니는 어린 눈 나칠라
모란 냄새 선명한 치마폭에 감싸곤 빠른 걸음 재촉하신다.
불끈 올라오는 이 찜찜함
알주머니 달리는 냉이나물 조물조물 무치는
저 손맛 어찌 알겠는가
봄은, 죄의식 없이 바바리맨처럼
느닷없이 찾아온다.

2부

나비

겁 많은 나비 보아도 힘센 나비 본 적 없었다
살포시 어깨에 내려앉은 나비
어떻게 하면 단숨에 무너뜨릴 수 있을지
나를 정복하려는 나비의 숨소리가 조금 낯설다
꼼짝 못하게 하는 저 힘은 어디에서 오는가
금색 꽃가루 흩뿌려지는 햇살 아래
순간 떠나버릴까 두려웠다
배롱나무 그늘 붉은 어느 여름날
날갯짓 작별 인사에도 노련함이 묻어 있는
어여쁜 애인이 떠나갔다

나는 무엇으로 만들어진 책일까

교하 책향기마을에 가면
새롭게 세워진 아파트
천 년을 읽어도 다 못 읽을 도서처럼 빽빽하게 꽂혀 있다

한밤 둥근 달이 고고학자처럼 푸른 등불을 켜놓고
고서적 읽을 거라 생각했는데
아까부터 줄곧 나를 읽고 있었다

무게만으로 알 수 없는 나여,
나는 무엇으로 만들어진 책일까

달이여,
무슨 마음으로 나를 읽겠다는 것인가
그대에게 쓸 만한 책이 될 수 있다면
내 몸을 탐독하도록
한적한 달맞이정거장에 오랫동안 서 있겠다
길가 코스모스도 책향기를 맡는다

나를 비추는 곳
삶의 고비마다 상흔이 남아 있으니

깨끗한 손으로 읽어다오

바람이 페이지를 넘기는 것이 아니었다
그날 밤, 나는
그에게 너무 많은 걸 읽혀버렸다

풀잎이슬

1
투명 비닐우산 쓰고 빗속을 뚫고 학교 가는 아이의 눈에
그렁그렁 눈물이 고여 있다
아침 센 바람에 뒤집힌 대나무 우산살이 부러져버렸다
소맷자락에 콧물 훔치며 가는 아이는
뒤집어지지 않은 검정 우산이 부러웠다
이후로도 셀 수 없이 투명 우산 쓰는 날이 많았다

풀잎,
바람 불거나 개구리 울면
또르르 눈물이 굴러내린다

2
탱자나무 울타리 속에 살았던 나는 늘 불안해하며 살았다
우산을 펴려고 하면 어머니가 주의를 준다
당장 쓰고 나갈 이슬밖에 없으니
가시울타리를 조심하라 해놓고

뾰쪽한 가시 끝에 매달린 물방울을 불어봐,
바람 불어서 먹는 풍선껌처럼 커져

점점점 커져,
이슬 쓰기 싫다고 떼를 쓰는 날이면
어김없이 아무 말 막 쏟아내신다

한번은 같은 복도 쓴 언니와
좁다란 우산 함께 쓰고 가는 등굣길
서로 자기 쪽 당기느라
우산살이 부러졌다

그날도 개구리 울음소리가 투명 우산 뚫고 뛰어들어왔다
공부하는 것보다 힘든, 길고 긴 등굣길

파꽃

누가 파꽃을 징채라 했나

평생토록 매운 시집살이한 여자의
한 맺힌 서러움이 고여 눈물이 된 꽃
혹한 시집살이 이야기는 눈물 쏙 뺀다.

대파 다섯 단 김치 담으려다
해줄 말이 떠오르지 않아
고글 꺼내들다 알게 되었다

여자가 사는 동네는 진도 앞바다
너무 다르게 살아와서도 다른 곳에 살아서도
파꽃같이 살아온 여자의 일생을 알 것 같다

뽀얀 속살 넘치는 사랑 듬뿍 받으련만
뻥 뚫린 가슴 속엔 감춰진 슬픔만 한가득
송곳으로 찌르는 푸른 고통도 열기 전에는 까맣다
이참에 남편이라는 작자는 뭣하는 놈일까
열 계집 품에 안고 밤마다 병주둥이 불고 다니느라
알고도 모른 척, 했을까

누구도 나눠 가지려하지 않는 어머니의 어머니
아리고 쓰린 고통의 뿌리를
잘라주었다
그 겨울의 끝은 꽃들이 보이지 않았다

그네

바람이 와서 자꾸만 나를 밀고 간다
얇은 주머니에 넣은 별 한꺼번에 떨어져서 사라진 날

발에 힘을 주고 힘차게 발을 굴렀지,
아버지가 만들어준 새 그네를 타고 발을 굴렀지

나를 태우고 날아올랐던 그네가 먹구름에 갇혔다 젖어서
땅에 닿는 시간 몇 초도 걸리지 않았다
등 뒤에서 밀어주는 힘이란
아찔한 사선이다

거리에 사람들 우산을 쓰게 해서 공연히 미안해진다.
내 그네에 머리가 찍힐까 푸른 살이 찍힐까 두려웠다
그네를 접어둔 지 일주일

젖은 그네는 휘파람 불며 새들과 날아가 돌아오지 않았다
그네를 잃어보지 않은 사람은 잘 모르리
이번 여름 장마가 차암 짧게 느껴진다

본성

으훙, 나는 호랑이 띠다. 무섭지요, 남편이 잠자는 내 코털을 건드리면. 고개를 쳐들고 정신이 몽롱해지도록 허연 이빨 드러내고 으훙거립니다. 갑자기 눈앞에 나타난 호랑이를 보고, 흠칫 놀라 뒷걸음칩니다. 연애할 때 콩깍지 씌어 호랑이 꼬리를 보지 못했다며, 속은 거라며, 밖을 나갑니다. 따지면 잡아먹힐 것 뻔했겠지요. 그런 날은 어김없이 나는 정육점에 갑니다. 한우 주면 안 잡아 묵지, 으훙, 포효를 내지르면 주인아저씨 벌벌 떨며 수입 쇠고기 제치고 1등급 한우를 내줍니다. 내 목덜미보다 조금 더 붉은 고깃덩어리를 받아쥐고 뒤도 돌아보지 않고 아파트 숲속으로 총총 사라집니다. 아득한 옛날 호랑이 호적에서 내 이름을 지우고, 마흔여덟 고개 넘어 먼 밤길을 내려오면서 움푹 패인 어머니 양수에서 손을 깨끗이 씻은 줄 알았는데, 새끼 낳고 한 이십 년 살다보니, 나이 먹을수록 점점 목소리가 커지고 사나워지는 걸 보면, 나는 아직도 맹수의 본성이 살아 있는 것 같습니다. 포식을 끝내고 세상 휘저으려, 더 깊은 숲속으로 떠나려나 봅니다

변두리

한곳에 이십 년 변두리에 산 사람 앞에
변두리라는 말은 도시도 시골도 깡촌도 아닌
어중간한 사람으로 취급받는 것 같은
기분 뭐라고 설명해야 할까

흔들리는 마을버스 타고 길옆 까만 전봇대
일주일 매일 출근하는 가장의 쓸쓸한 어깨 같은 느낌
아니면,

시골 출신 이 아무개와 멱 감던 이야기해도 잘 통하고
도시 출신 김 아무개와 교문 앞 불량식품 이야기해도 잘 통하는
도시에서 십 년
시골에서 한 십 년 산 것 같은
어딜 가도 낯가림 없이 착착 잘 감겨드는 나팔꽃 같은 여자
89번 종점 첫 문장에 나팔꽃 비유하면 맞아떨어질까

그곳에는 당신이 살고 있었고
깡촌 살구마을 잠깐 다녀오곤
공기가 너무 좋다고 호들갑떠는 여자

마지막 종점 같은 사랑니,
가장 안쪽에 살다보니 첫사랑 가슴앓이 같은
명칭,
우리 집에 왜 왔니,
꽃 찾으러 왔다는 계집아이 같은
아직도 도시와 시골 뚜렷하게 선을 긋지 못하는
비포장 같은 변두리

스무 살

운동 마치고 집으로 가는 길
가로수 나뭇잎이 칭얼거리며 따라온다

옛날 같으면 심쿵쿵 뛰었을 텐데
아들뻘쯤 되어보이는 이에게
헌팅이라니, 이 나이에 가당키나 한가
전화번호 달라는 말엔 물소리가 찰방거린다

신장개원 스무살 피부과 현수막 글씨가 펄럭이며
안 떨어지려고 안간힘을 쓴다
운동복과 내 귀에 걸린 헤드셋에 속고 따라온 것 같은
용기내어 한 말이 고요히 가라앉는다
실망한 눈빛 추위에 얼어붙는다

흘러간 시냇물이 돌아오지 않듯
돌아오지 않은 나의 이십 년
스무 살, 은
아직도 저 뛰어내리는 눈발 같은데

염소

아기염소 고개 내 쪽 돌려
엄매라, 부른다
요즘 부쩍 네 발로 걸레질했더니
놀란 저녁 강 벌떡 일어나 앉는다
야, 깜둥이 당최 네 엄매가 누구다 말이더냐
짐짓 큰소리치며 물어보고 싶었다
뿔 난 자리 가려워 긁는 사이
지는 해 내 목에 감긴 스카프를
말뚝에 묶인 목줄 착각하는 것 같아 솔직히 충격이었다
오랜만에 바람 쐬러 나왔다가
생시에 없는 자식을 만난 것 같아 화들짝 놀랐다
내가 염소 모피 입고 있어 지 어미인 줄 알았는지
졸지에 책임질 일 하나 늘어난 줄 알고
심각해지려는데
다행스럽게도 염소 일가 풀을 뜯고 있었다

쪼꼬미

저, 저 쪼꼬미 밥 짓는 거 좀 보소
보실실한 냄비밥
남당리 이팝꽃도 울고갈 밥 짓는 솜씨 좀 보게

열 살쯤 동생 데리고 큰어머니집으로 더부살이 간
손끝 야무딱진 같은 반 경숙이가 아롱거린다.
큰어머니 밥집은 손님 늘 복작거렸다
학교 파하고 곧장 달려가야만 했던 큰집
언니 노릇하느라 동생 몫까지 눈칫밥 먹었을 쪼꼬미
몰래 흘린 눈물이 한 됫박쯤은 될 게다
그 애는 늘 손이 붉게 터져 있었다

밥만큼 정가는 게 없다고 막 퍼주는 밥
한 자리 앉아 열두 공기는 족히 먹었을
윤기 도는 쌀밥
씹으면 씹을수록 달큰하고 쫀득하게 씹히는
사월의 안티푸라민빛 봄바다

쭈꾸미가 쪼꼬미라는 걸 알고
남당리 앞바다에서 나직이 뱃고동이 울어주었다

매니큐어 나무를 생각하는 저녁

나뭇가지 분질러보면 매니큐어 나오는 나무가 있었다
그 나무 이파리 아카시나무 닮았다
내 옆에 앉은 풀여치 풀물 들이느라 정신없었고
내려막길 샘터에 앉아 예쁜 손톱 마음껏 칠했다
이파리 훑어낸 줄기 반 접어 파마를 해도 좋았다
해질 무렵 바지를 털고 일어나면서 너를 생각한다
생채기가 많은 손톱달을 보면
우리들의 푸르던 날들이 보인다
눈 깜짝할 새 지나버린 생
한때 가난한 여인들이 발랐던
매니큐어 나무가 생각나는 저녁 어스름
꼬리아만 외치는 입양 간 아이가
기억에도 없는 막막한 이름 찾아 헤매듯
아직도 그 불그스름한 물빛 찾아
내려막길 샘터 쪽 하얀 손 내밀고 있다

마릴린 먼로

그날 나는 아이보리 원피스를 입었고, 하수구인 줄 알고 팔짝 뛰어넘다 치마가 지하철 통풍구 바람에 홀라당 까뒤집어졌고, 서울 무교동 음식점 마당 한복판에 지하철이 있는 줄 나만 몰랐고, 창피해서 음식점 안으로 뛰어들어가면서 할리우드 금발의 배우 마릴린 먼로가 먼저 떠올랐고, 집에 오자마자 마릴린 먼로 인터넷을 찾아보니, 62년 8월 5일 내가 태어난 날 사망해서 놀랐고, 1926년 호랑이해에 태어나 1962년 호랑이해에 사망했고, 전생에 호랑이였는지, 26, 62, 의문의 숫자, 엎어치고 메친 이 두 자리 숫자에 또 한번 어리둥절했고, 그녀의 대해 잘 알지 못했던, 본명은 노마 제인 모텐슨Norma Jeane Mortenson인 것부터 시작해서 세 번의 결혼, 작품 신사는 금발을 좋아한다(1953) 돌아오지 않는 강(1954) 7년 만의 외출(1955) 왕자의 무희(1957) 뜨거운 것이 좋아(1959) 주연배우라는 거 처음 알게 되었고, 먼로 숨진 날, 내가 태어났으니, 무슨 억지 인연 끼워 맞춰도 보고, 입술 위에 까만 섹시 점 하나 콕 찍어 거울을 보면, 뜨거운 것이 좋아 후끈해지는 간밤에 많은 염문설 뿌리며 떠난 먼로, 만인의 여인, 가까이 하기엔 너무 먼, 길이 멀어 서둘러 떠나버린 마릴린 먼, 路

달빛에게서 듣는 음악

낡은 하늘에 레코드판이 올려져 있다
달빛에서 음악이 흘러나온다
달 속에 수록된 곡만 들어도
겨울밤 복숭아밭 할머니댁 심부름 가는 길
공동묘지가 나와도 무섭지 않았다
둥근 시간 속에 밤은 깊어갔다
우리들은 달맞이꽃 자매처럼 걸었다
마이클 볼튼 "남자가 여자를 사랑할 때"
이성에 눈을 뜨게 한 노래는 우주의 심장이 팔랑거렸다
노래는 복숭아 가지마다 열렸다
이제 와서 생각하면
계수나무 사이 달빛이 음악처럼 쏟아졌기 때문이다
부스 안에 빨간 스카프 보는 것만으로도 맥박이 뛰었다
우리는 심야음악 알아버린 뒤
세상 두려운 게 없었다
복숭아나무에서 귀신이 나와도
공동묘지가 이상한 표정 지어도 웃거나 깔깔거렸다
둥근 달이 없는 밤은 앙꼬 없는 찐빵
아득한 기억 속에 내 친구 혜숙이는 이 말 참 좋아했다
달맞이꽃 타향에서 휘영청 달빛에 젖는다

종려나무

가을이 깊어 아름다운 게 아니라
비 온 뒤,
단풍빛 모두가 아름답다

함께 젖지 못하는 나여,
하물며 붉게 탄 툇마루바람도 아름다운데
단풍나무와 단풍나무 그늘을 이해하려면
얼마만큼 나이를 먹어야 할까

나이가 들수록
차차 흐림 일기예보에 예민해져 간다
숲에서 나무들이 술렁인다
흠뻑 젖질 못하니
어느 가문비나무인들 좋아하리

내가 나무가 되어 만난다면
후두둑, 후두둑
남향집 햇볕 한가득 스며드는 곳에
키 큰 종려나무로 만나리

단풍으로도 물들지 못하는
나무여, 종려나무여

빗방울풍금

장맛비가 억수같이 내리는 날 처마 밑에 쭈그리고 앉아
방울방울 솟아오르는 빗방울 손가락으로 꼭, 꼭 눌렀다
통, 통 튀는 빗방울 건반을 건드릴 때면
내가 제일 좋아하는 클레멘타인
퐁당퐁당, 오빠생각, 노래가 울려퍼졌다
내 친구는 학교 선생님 댁에서 피아노를 배웠다
간혹 음악시간에 풍금도 쳤다
내 친구는 나와 달랐다 소를 팔아서 피아노를 샀다
나는 여름비 오면 하얀 빗방울 건반을 두드리며 놀았다
키가 큰 해바라기도 키 작은 채송화도
내 풍금 소리에 귀 기울어주었다
음악에 취한 듯 하늘거렸다
여름은 얼마나 남았을까
나도 내 친구처럼 피아노를 잘 치고 싶어
예배당 몰래 숨어 들어가 풍금을 쳤다
환하게 웃으며 들어오시는 목사님이 하늘님 같았다

3부

풋감

절간 해우소解憂所 뒤켠,
늙은 감나무 한 그루
바람이 불 때마다
엉덩이를 내놓고
끙끙거린다

가랑이 사이로 설익은 풋감 한 덩이
쿵!

햇살이 튕겨오르고
냄새가 훅,
절마당에 퍼진다

미나리아재비꽃

미나리아재비꽃 이름은 들어나봤나

허풍 많은 육촌 아재뻘 되는 미나리아재비 이마는 왜
에나멜 발라놓은 듯 반들반들 빛나는지
광택은 또 어디에서 오는지
식물학자들은 노란 아재를 몹시 궁금해했다는데
그 수수께끼 풀리는 날
비바람 몰아쳤다

여름날
마누라가 주식해서 돈 많이 벌었다 하고선
우리 집에
노란 티코 차를 몰고 왔다

무역회사 대표,
운전기사 딸린 티코 차를 봤나

아무래도 아재는 식물도감에나 나오는
희귀종이다. 그늘지고 습한 곳에
남은 빛이 아직 주변에 무리지어 자라고 있는지도 모른다

역시 아재는 첫손에 꼽을 정도 花술이 뛰어나다보니
화술이 좋다 보니 발도 넓다

찹쌀떡

한밤중 찹쌀떡 사려어, 소리 참 듣기 좋지
옛적 어떤 재상 부인이
숯 사세요. 라고 외치는 숯장이 따라 집 뛰쳐나가듯
눈 내리는 밤, 콩나물 다듬던 나도
찹쌀떡 사내 따라 도망치고 싶어진다
탁발승 몸에 붙어살던 이蝨가
멧돼지 몸에 옮겨붙어 생명을 연명하듯
이만큼 살아주고 저만큼 살아가는
떡 파는 사내의 여자이고 싶다
그러다 사내 닮은 애 둘 낳고 살다보면
목구멍에 걸린 쥐 울음 같은 목소리가
새하얀 설원에 봇물 터지듯 나오는 날
사내 따라 함박눈 맞으며
어느 불 켜진 집 담 모퉁이 돌아나오겠지
찹쌀떡 사려어, 소리
전설처럼 들려 참 듣기 좋지
핸드백이 아니면 어때, 스티로폼 박스 어깨에 메고
경상도 사투리로 정감 있게 소리치면, 배 출출한
서울 사내들 찹쌀떡처럼 달라붙지 않겠어
올 겨울 이생에서 보냈던 모든 시간을 접고 전생 따라

슬슬 따라해볼까
참쌀떡 사려어,

둥지와 동지

밀밭에는 물새알이 많았다
이따금 자갈밭에도 둥지가 많았다
새가 되고 싶어
밀밭에 친구들과 새알 주우러 돌아다녔다
밀냄새 파닥거릴 때마다
비상을 꿈꾸며 알 하나씩 들고 나왔다
작고 예쁜 옥빛 하늘 날아오르듯
마음은 깃털처럼 가벼웠다

새의 딸처럼 보고플 때 쏜살같이 날아가서 보자고 했던
저마다 훨훨 날고 싶은 욕망 하나씩 갖고 사는
꿈의 동지들 세월 지나 양지꽃 피는 날 만났다

새여, 너는 포크를 들어라
새여, 너는 스테이크를 잘라라
콕, 콕 부리로 건드려주며 점심을 즐겼다
새들은 제각각 스타일대로 스테이크를 잘라 먹었다
몸에 붙은 깃털을 모두 털어버리고
목구멍에 피가 나오도록 쩩, 쩩 수다를 떨었다

새는 날지 않고도 사는 법을 이미 터득하고 있었다
포수가 등 뒤에 방아쇠 잡아당기기 전까지
우리들은 한 마리 새로 살고 있었다

청도야 놀자

　인터넷 검색하다보면 여럿 광고판이 주차 경고장처럼 달라붙는다. 아름다운 청도 "청도야 놀자" 여행 문구가 추임새를 넣는다. 힐끗 쳐다본 청도, 경상북도 청도 내려가지 못하도록 느닷없이 뛰어들어와 자동차 보닛 가로막더니, 우리 비행기 타고 중국 청도 가자 꼬드긴다. 클릭 한번 잘못했다간 대륙의 문이 왈칵 열린다.

　열 개의 눈이 속사포로,

　봄에가도좋고친구랑가도좋고애인이랑가도좋고독일군이칭다오를점령하면서군사적목적으로만든전망대시작해서올림픽요트경기장야경관광청도회천만나무숲들이쌓인스트레스팍팍풀줄거고힘들면(차창관광)유독강조하는팔호아마도나를위한청도의상징잔교가바다속으로뻗어마치무지개가해면에걸쳐있어홀딱빠진다는데피차이위엔가면예전땔감팔던곳옛거리에어울리지않는가짜명품가방걸어놓고하우머치외치는외국인바글거려세상에서제일재밌는구경은인간구경?

　내 말 한마디도 듣지 않고
　3박이면 충분할 거라고 폭풍 휘몰아치듯 말하곤 침묵한다

어느 새 말려들어 선잠 깬 듯
대륙의 문 앞에 서서 한동안 멍하다

겨울날의 부처님

낙산사 홍련암 요사채 처마 끝
키스하는 황금 목어 두 마리 매달려 있네요
부처님,
너무하신 것 아닌가요
저렇게 좋은데 이렇게 좋을 때 좋은 게 좋다고
엎어지면 코 닿을 바다, 이러시면
안 되죠 부처님,
헤엄치다 쪽, 헤엄치다 쪼옥
부처님 기침소리에 화들짝 놀라
서로서로 안 그런 척 했더래요
음, 겉으로는 모르는 척 했더래요
저러다 몸져눕겠어요.
허공 벌컥, 벌컥 열고 들어오는 사람들뿐만은 아닌
부처님도 가정방문하시듯
산보 핑계로 수시로 들락거리는 것도 알아요
잠시 눈 감으라 해놓고
여배우 뺨치는 제 엉덩짝 게슴츠레한 눈으로 훔쳐보고는
향불에 취한 듯 비틀거리는 거 봤거든요
겨울날의 부처님,
꽃살문처럼 입 꼭 다물고 계심 모를 줄 아세요

곧 성탄절 다가오네요. 부처님
조용히 교회 한번 다녀오심 어떨까요
홍련암 근심 한 꺼풀 벗어놓고
저녁 기도 참석하심 안 될까요
가련한 중생 신방 차려주심
안 될까요. 부처님
나, 오늘 기도빨 받게 넙죽 엎드려 절 올리고 갈게요

제비

토방에 잘 차려 입은 노신사
그는 오케스트라 총 지휘자
푸드득 나무 지휘봉 들고
빨랫줄에 나란히 앉은 제비와
시즌에 맞는 봄노래 연습 중
우리 집 마당에 펼쳐진 진귀한 풍경이다
음악소리에 짝사랑 고백하려다 엄마는 버럭 화를 내다가
이놈의 영감탱이 저러려고
아직 채 마르지 않은 토방 달라고 했나
한숨 널어지게 주무셔놓고 어디 시끄러바스,
제비를 쫓아내곤
발견했다
흰 연미복 두고 갔다
연분홍 치마가 봄바람에 날리는 것만 알지
이놈의 할망탱이가 클래식 맛을 알아
전당포 맡기면 달포 세는 해결될 거라며
가진 거라곤 연미복 두 벌
한 벌 두고 간 것 같다
노신사의 슬픈 방식 표현은
검은 빛과 흰 빛, 흰 빛에 가까웠는지도 모른다

사뭇 거칠었던 사랑표현 빛바랜
미련만 토방 아래 여전히 깔려 있다

접시꽃

접시꽃은 꽃들의 최초로 만들어진 접시
우리들은 꽃밭에 둘러앉아 빈 유리잔에 포도주를 채우곤
땡땡이무늬 넥타이를 맨 나비
탑처럼 쌓인 접시를 꺼내
햇살 크게 다진 마늘과 바람 파스타 듬뿍 담아내기를 기
다렸다

가끔 사람들이 접시를 깨뜨리면
왁자지껄 한 다발 접시꽃 핀다

우리 집에도 한때 짝퉁 접시꽃 심었다
찬장 속에
어머니가 유난히 애지중지 아꼈던 접시를
삶은 감자 담으려다 깨뜨렸다

어머니는 그냥 내버려진 것 같지 않는
어느 신들의 잔치에서 금칠 테두리 죄다 벗겨진 접시꽃
을 가져올 때도 있었다
나는 신들의 잔치에 초대받은 누구와 이야기를 하듯 중
얼거렸다

잠시 외출했다 돌아온 어머니는
깨진 접시를 보고 낯빛이 어두웠다

꽃들의 기억을 거슬러 올라가면
식탁 위에 소북이 차려지고 있는 접시꽃을 보고
잔치라는 말이 생겼다는 것
인류의 잔치 풍습이 이때부터 퍼져나갔다는 것

오후 세 시

바닷가 민박집
맨드라미 밍크 담요 담벼락에 붉게 널려 있다
끝물 휴가철, 알록달록 분꽃 홑이불
묵은 이불 빨아 널어놓고
민박집 주인 여자
평상에 앉아
빨래처럼 널린 오징어 착, 착 펴서 갠다.
옆집 젖 큰 할머니도 오징어 발가락 쭉, 쭉 잡아당겨서
갠다
오징어 다리보다 길게 늘어난 오후 세 시
점점 늘어나는 오후 세 시의 햇살은 누가 잡아당겨준 걸까
오후 세 시의 시침바늘만 쏙 빼물고 날아간 갈매기 짙푸
른 시금치밭으로 떠났다
더위는 아직 떠날 생각 없는데,
시금치밭 너머
파도가 가끔씩 소금기 묻은 이불 철썩 털고 간다
오후 세 시의 사람들
매운탕 먹다 생선가시가 목에 자꾸 걸린다
수요일 외 아무도 들락거리지 않은 바닷가 민박집
매운탕은 휘적휘적 식어가고

매운탕집 그늘도 취기가 오른 듯 눈꺼풀이 조금씩 내려
앉는다

괄호란,

시골형님은 아주버님을 괄호 밖에 내놓았다고 하신다
괄호 밖으로 내쫓기신 아주버님
어떻게 보면 (   ) 합장하신
부처님 손바닥 안에서 노시다 뭘 들켜버렸는지
괄호 밖은 어둡고 괄호 안은
내가 알면 안 되는 일
시골형님의 괄호란 탐구생활이다
옷차림새나 헤어스타일 외출 시간에는
탐구가 시작된다
사는 게 천 갈래 만 갈래 신경쓰여서
아주 오래 전 빨간 내복 솔기에 붙은 이야기
이 잡듯 아직도 끄집어내신다.
자그마한 체구로 열두 동 참외농사 버거움이
전봇대에 치마만 입혀놓아도 사족을 못 쓴다는
걸걸한 입담 화려하게 하신다
형님네 사랑싸움에
철 이른 참깨밭 하얀 깨꽃 한 바가지 터진다
요즘 괄호 밖 끈을 풀고
부처님 손안에 동안거 드셨다

경북여자

옷자락에 쓰윽, 쓰윽 닦아 깨물어 먹는 걸 좋아하는
과일가게 여자, 사과를 능금이라 부른다
그렇게 먹어야 입속에 향기가 다치지 않는다고 한다
까맣게 잊고 지냈던 능금이라는 말
한때 우리 식구들도
검정비누 사분, 부를 때 능금이라 불렀다
그 시절 나는 과수원 딸로 뿌리내리고 싶었다
국민학교 3년 담임선생님 금능학교 전근 가신다며
능금을 생각하면 날 잊을 일 없을 거라고
우리들은 선생님 말씀 듣는 동안
손 시린 성적표 받아들고
능금, 능금, 금능, 금능 한번쯤 외웠으리라
찬바람은 선생님 뺨을 빨갛게 물들게 하였고
하늘은 흰 능금꽃이 펄펄 내렸다
모든 헤어짐은 새로운 만남을 기약하듯
슬픔은 일찍 귀가 시렸다
세상의 중심을 향해 비추던 높아서 못 따는
홍옥빛 능금

반성

김영승 시인 반성문 자주 꺼내 먹는다
인터넷 냉장고는 간식거리가 꽉 차 있다
이렇게 맛있는 시 있을까
반성은 인간을 부드럽게도 하고
남의 반성문은 통쾌하다
조그마한 죄도 말끔히 씻게 하는 마법 같은
반성99 읽다
빵, 빵 터졌다
빵, 빵 터져주는 시가 나는 믿음이 간다
아름다운 폐인은 저를 실망시키지 않는다
천진한 눈을 가진 사람에게는 천진함에 빠지게 되는
묘한 매력 빠지게 하는 반성문
내 입맛에 잘 맞는 간식거리는 강한 중독성을 가지고 있어
애호식품 쟁여두고 먹는다
시리즈를 읽다보면 차츰 시인의 빤스 입고 가버린 아내
가 궁금하다
각서 수십 장 받아본 동변상련이랄까
나는 아직도 인생이 무엇인지 잘 모른다
손깍지 베개하고 누워 생각해봐도
인생의 참맛을 잘 모르겠다

나는 반성문 쓸 줄 모른다
나와 관계없는 김 시인이
반성문 잘 쓰는 방법 말해줘도 잘 모르겠다
나는 바보인지도 모른다

고드름

뼈마디가 점점 자라 손톱이 길어지네요. 당신
문을 두드리다 빠진 손톱이 처마 밑에 떨어져 있네요
무서워요. 엄마
세상은 왜 꽁꽁 마음을 닫고 사는 걸까요.
금세 벽들은 단단한 침묵으로 우리를 잊고 있고
오늘도 캄캄한 밤 지새우며 열리지 않은 문을 두드려야
하나요
당신은 여전히 팔뚝의 힘을 기르고 있고
여전히 손톱을 기르고 있고
나는 여전히 슬픔을 기르고 있고
괜찮다. 아가, 조금만 참어라
찌그러진 보름달이 희번덕 눈을 뜨고 째려봐도
우수雨水에 찬 동장군이 아무리 힘이 세도 덜커덩 문 열
릴 날 올 거야
부들부들 떨려요. 엄마
지붕 위 올라간 고양이처럼 거꾸로 내려다보듯 세상이
무서워요. 간질간질 세포들이 웃겨주려 해도
내 몸은 더 단단해지려고 뼈마디가 아파요
아가, 바람을 느끼지 말고 공기를 느껴라
그러면 좀 더 명랑해질 거야

팔뚝에 힘이 빠지면
천변 산수유 성냥팔이 소녀를 생각하렴,

더 단단해지러 가요
딸아, 아직 밤이 깊지 않았단다
엄마와 딸 마당 안으로 걸어가고 있었다

화살나무

화살나무 양궁이 시작된다
이파리 다 떨어지고 과녁을 향해 쏘는
명중 중에 명중, 날아가는 새도
한방에 떨어뜨린다는 화살나무 속에
새가 죽어 있었다
정말 내가 잘못 본 줄 알았다
그때 내 이야기를 믿지 못하는 비파나무
가슴에 꽂힌 비수겠죠 비판하듯 말하는데
나쁜 말은 사람을 쓰러지게도 하고
상처 하나 안 내고도 죽일 수도 있겠다 싶다
유명 연예인들 보면
악성댓글에 죽어나간다
급소를 찌를 수도 있는 날카로운 말, 말, 말
말 잘 타는 순신이 오라버니라도 피할 재간 없었을 게다
내가 뱉은 말도 부메랑이 되어
꽂힐 수 있는 화살나무를 보면
심장이 쫄깃하다

작두콩꽃

심줄을 여러 번 끊었다는 작두콩꽃 결국은 시퍼런 잎자
루를 탔다
아찔한 그 순간을 보고 놀란 햇살 다리가 후들거려 꽃담
에 기대 있다
신어머니처럼 따르던 남쪽 바다 끄트머리에서도
혼기가 꽉 찬 딸이 내림굿을 받았다고 한다

그 집 늙은 여자는 물질을 하면서 살았으나
장군처럼 쳐들어오는 봄을 막아도 별 소용없었다며
자신이 받을 신내림을
폴짝폴짝 뛰는 딸이 받는다며 징처럼 파리하게 울었다고
한다

멀리 떠난 민박집 주인아저씨, 몇 달째 감감 무소식이더니
작두콩을 심은 그해, 뻐꾹뻐꾹 돌아왔다
강남 간 제비도 기쁜 소식 물고 찾아왔다고 한다

4부

싸락눈

초저녁부터
싸락눈이 혼자 먹는 식은밥처럼 내린다
나이 오십에 혼자 먹는 밥은
귀 떨어져나간 개다리소반에 차려진 반찬처럼 썰렁하다
뭐가 그리 바쁜지
다들 머리 굵어지고 나니
아무리 뭉치려 해도 뭉쳐지지 않은 가족

울다

대문 앞에 수도꼭지가
두터운 스티로폼 옷을 껴입고 운다
멈추지 못하는 눈물은 말 못할 사랑이리,
발밑에 놓아둔 넓적 고무대야도
매일 밤 퍽, 하면 따라 운다. 수위를 넘는 눈물이
상처 입은 여인들이 서로 다정히 어루만져주듯
마당은 눈물이 넘칠 때마다
한낮 울며 떠난 사람 생각하듯 궁금해진다
눈물은 푸른 저수지에 핀 흰 찔레꽃
그 흰 빛이 많은 집에서
어머니는 서럽지도 않은데 자꾸 눈물을 흘린다
어머니는 그녀가 밤새 흘린 눈물로
국을 끓이고 밥을 지어먹어서 눈물샘이 막혔다고 했다
물과 눈물 별것 아닌 것 같아도
고이는 것은 한 방울씩 울게 돼야 돼,
그러지 않으면 가슴이 터져버린다기에
혼자 울게 두고 방으로 들어갔다
눈물을 보고 아무렇지도 않은 사랑이 두려울 때가 있다
사는 게 팍팍하고 목이 멜 때
한 달에 한번 죽죽 흘러넘치도록
가끔 나도 수도꼭지 돌리고 싶을 때가 있다

연밥

연꽃 보러갔더니,
하루 종일 도회지 사람들이
연못에 와서 연탄을 주문하고 가는 듯하다
날이 갑자기 쌀쌀해지자
우리 집도 무쇠솥 떼내고 연탄 들여왔다
생솔가지 타는 냄새 더 이상 맡을 수 없는 대신
연탄구멍에서 연꽃 향기 파렁파렁 올라왔다
내가 처음 연꽃 향기를 맡은 건 다섯 살 때였다
그때는 너무 어려 뜸을 잘 들여야 연밥이 되는 줄
연꽃 향기 많이 맡으면 죽을 수도 있다는 것 몰랐다
물안개 고운 날, 나도
발목 파란 사람들 따라 또 다른 세상 가보자 했는지도 모른다
동네 사람들 웅성거리는 소리에 눈을 뜨니
엄마는 울먹거리고
시래기국이 맛날 계절, 가마솥밥보다
연밥이 가장 구수하게 익는 걸
숟가락질 제대로 할 때쯤 알았다

어머니는 여든에 물고기가 되었다

어머니가 묵은 방 물고기 비늘 소복하다
손비로 쓸어 모으면 은빛 비늘들이 정담을 나눈다
아무나 받아들을 수 없는 목소리
청어와 같아 어물전에서 번지는
비린 냄새가 방 가득 풍긴다
간혹 코트 위에 떨어진 비듬을 보면
애초에 어머니와 나는 물고기 유전자를 가졌는지도 모른다
몸을 천천히 뒤척이는 걸 보면
파도에 쓸려간 지팡이가 생각난 걸까
내일 물고기 전문병원에 가야 한다
물고기 가운 걸친 의사가 있는 병원에는
바다를 목까지 당겨 덮은 물고기들이 나란히
이름표 달고 누워 몇몇은 티브이를 보기도 하고
인어 아가씨가 체온을 재고 병실 문 밖을 나가면
링거 속 떠내려오는 물방울 한 알씩 받아먹는다
물고기 꼬리보다 짧은 정오,
유리창에 헤엄쳐온 봄볕이 그물에 걸려든 멸치 떼처럼
잠시도 가만있지 못하고 파닥거린다

세숫물이 수탉을 키웠다
— 맨드라미

어느 날 아침
아버지가 마당에 수탉을 풀어놓은 줄 알았다

우리 식구들은 매일 아침 꽃밭에 세숫물을 쏟아부었다
장독대도 대청마루에도 달구새끼들 성가시게 뛰어다녀
어머니가 나섰다

여기저기 핀 맨드라미 낫으로 삭둑 잘라버렸다
그 후, 닭 울음소리 더 이상 들을 수 없었다

범띠 가시내

땡그랑, 풍경이 운다.
허공에 매달린 물고기가 꿈을 찾아 유유히 바다로 헤엄
치는 꿈을 꾸면
설명할 수 없는 내 꼬리뼈가 아파온다
갑자기 산 그림자가 힘을 풀고 어깨를 낮춘다

바다와 만나는 지점에 암자가 없었더라면
매달린 저 물고기는 떼 지어 우아하게 태평양을 건넜을
테고
나는 어머니가 촘촘하게 쳐놓은 탯줄에 걸려 넘어지지
않았을 테지

아니면 전생에 밤마다 내 곁을 지켰던 호랑이가 꿈속에
나타나
어느 동네 쳐놓은 덫에 걸려 살려달라고 애원했을, 유일
하게 혀로 핥아준 사람
살면서 고맙다 미안타 말 제일 많이 달고 산 사람

동물 중 범 새끼가 걸려들 거란
반신반의 아니 상상조차 안 하셨다고 우기서도 또렷이

기억나는 건
　유독 따사로운 가을날,
　팔던 사과 광주리 집어던지고
　저 멀리 보이는 산자락에 걸터앉아 기회를 엿봤다는 것
　사방 둘러봐도 낭떠러지
　반평생 어머니 반경에서만 맴돌다 땡그랑 풍경이 운다.

　어머니는 늘 불안했을지도 모른다
　형제 중 유독 엉터리 4년 늦은 출생 신고
　양심에 찔려라, 찔려
　출생 신고 못하게 애만 태웠던 범띠 가시내
　그러다 사내 마음 몰라주는 죄로 속세를 떠나지도 못하고
　잉, 잉,
　이젠 아가가 된 노모老母 걱정에 땡그랑 풍경이 운다

짱짱나무

장 씨 가문에 대를 잇지 못한 죄로
문간방으로 밀려난 송구할매
눈멀고 귀먹은 척해도 안방에서
달콤한 소리 들려올 때면
담뱃잎 말아 피우며 가슴 짱짱 친다
밤마실 다녀오신
송구할배 헛기침 소리만 들려도

내 가슴 좀 밟아주고 가이소,
내 가슴 좀 밟아주고 가이소,

나뭇가지 분질러 불길 속에 넣어보면 안다
불임의 여자 가슴 앓는 소리
짱짱 타들어간다는 걸

삽자루를 손에 쥐고

감은 삽자루를 불끈 쥔다

감 속 숨어 있는 삽을 보려면
씨를 반 잘라보면 안다

평생 흙 파고 사셨던 아버지가
자기 무덤을 파서 들어가신 것 같아
황망하다
죽은 사람은 말이 없다

아버지가 땅을 팠던 자리에
찔레꽃이 상주처럼 울어주었다

아무렇지도 않은 듯
스스로
봉해버린 아버지

봄산

햇살 덮인 비슬산 철쭉나무
찌르르 젖 도는 소리 들린다
비릿한 젖 내음 아지랑이 타고 오르고
금세 울음 터뜨린
꽃망울 어린 젖먹이,
꼬무락거리는 분홍입술 불어터진
어미 가슴에 안겨
달디단 젖을 야무지게도 빤다
배냇냄새 알싸한 봄바람
어랑어랑 부는데
세상 근심 다 잊은 내리사랑 빛깔로
탱탱하게 안겨오는 봄,

어이쿠, 내 새끼

저녁 무렵

낮과 밤 반쪽 나눌 때
어둠 쪽 거울 비춰보면
어둠, 길고양이처럼 납작 엎드려 있다
테트리스처럼 층층이 쌓인 한낮이 하나씩 깨트려지고
어둠은 한낮의 그림자처럼 슬금슬금 기어나온다
회색 빛이 희미한 경계선을 지우는 동안
반 접은 신발을 끌고 나는
어둠에 젖어 천천히 밤으로 가는 꿈을 꾼다
저녁 무렵은 왼쪽과 오른쪽 얼굴이 다르듯
두 얼굴을 갖고 있다
손등과 손바닥처럼
어둠 속에는 늘 기쁨과 슬픔이 도사린다
빛은 슬픔을 끌어내려하고 기쁨은 어둠을 밀어내려하는
빛과 어둠 맨 먼저 켜지는 가로등 불빛 아래
앙탈지게 버티는 게 저녁 무렵이다

자작나무 숲에서

자작나무처럼 나도 머리카락 희어진다
자작나무처럼 나도 키만 멀대같이 크다

인제 원대리 자작나무 숲 이르기 전까지
나와 비스무래 할 줄 몰랐으랴
얼룩덜룩 생채기까지 닮은 여자
시는 잘 쓰고 있는가

십 년 동안 시집 탁, 덮어놓더니
묵은 밭떼기 팍, 갈아엎고
새벽마다
안 되는 글 부여잡고 씨름한댔지,

치워라, 시
詩라는 건 말이야,
가슴에 남모를 한恨 방울방울 맺혀야 나오는 거지
오늘은 술이나 한잔 하자

낡은 시집 같은 덕담
탁, 탁, 탁배기 주고받으며

금수강산 한번 휘리릭, 바뀌는 동안
머리카락만 희끗희끗

시집 한 채 짓기 참, 어렵지,
시 쓸 땐 개도 안 건드린다는데

옛다, 받아라. 시집
밤새 읽다 펼쳐둔 가을

입동立冬

동백꽃이 바닷물 한 동이 이고
등 굽은 마늘밭 집으로 들어가는 동안
오후 절임배추 택배가 왔다
미나리 씻을 준비 하는 사이
거실 바닥 나뒹굴던 햇살 깍두기로 잘려 절여지고 있었다
몸 둘 바를 모르겠다
식탁의자 바짓단 솔기가 터진 줄도 모르고 김장 준비 한창이다
배춧잎 하나가 잇몸 하얗게 드러내곤 나를 빤히 본다
가스레인지에 올려진 멸치젓국물 혓바닥을 길게 빼고 날름거린다
이빨 빠진 접시가 나를 두 번 부르고는
야들야들 잘 삶아진 비린내 한 접시 담아낸다
빨갛게 달아오른 김칫소 이미 축제 분위기다
이 많은 김장김치를 어디에 묻을까
바깥을 자주 보든 뱅갈고무나무 코트 깃 세운다
입동은 그냥 오는 것이 아니다
머리에 루돌프 사슴 머리띠 하나씩 꽂고
분홍 마미손 흔들며 소란스럽게 온다
해가 짧아서 바람은 일찍 잠이 들었다

물고기 사랑

솔방울 하나 저수지에 박혀 있다
파란 대문 집 초인종 같다
까칠한 아이가 자고 있으니
초인종 누르지 마세요.
함박눈 스카치테이프처럼 빙판에 달라붙는다
철컥, 잠긴 문 앞에
산까치 한 마리 택배 왔다가
슬그머니 공동구매한 산 그림자 내려놓고 간다
겨울 저수지에 가보면 아주 가끔
한쪽 문 살짝 덜 닫히건 문이 있다
가만가만 귀 기우려보면
맑은 잠 속 신생 물고기
먹고 자고 먹고 자고
포동포동 살찌는 소리,
자장, 자장, 자장, 자장 우리 아기 잘도 잔다
엄마 손은 약손 아가 배는 똥배
잔잔하게 들리다 뜸해지다
젖 불은 엄마 잠도 차르르, 차르르
살얼음 낀 저수지

화창한 봄날
— 아들에게

문구점 주인 여자, 집에 아들 때문에 우스워 죽는 줄 알
았다며 시장 가는 내게 말을 건다. 아줌마, 불량식품 주세
요. 라고 했다나 어쨌다나 아뿔싸, 불량식품 즐겨먹는 아들
에게 집에서 우리끼리 하는 말 대놓고 가게 주인에게 했다
니, 난처하다 못해 불량식품 말속에 입술 파래지는 막대사
탕 냄새가 난다. 흙 묻은 손으로 쫀드기 쪽쪽 찢어먹는 녀
석의 엉뚱한 일 어디 이뿐이겠는가, 한여름 제 엄마 가죽잠
바 걸쳐 입고 장군의 아들 흉내내느라, 아파트 복도 벽장
속 엘리베이터 연결 전선 잘못 건드려, 감전된 손 잡아떼느
라 아래층 굴러떨어진 일, 자전거 타다 넘어져 아래턱 찢어
진 일, 유치원 슈퍼맨 어린이가 의자에 뛰어내리다 대문니 두
개 한 달 간격 깨져온 일. 이런 녀석 보느라 늘상 고단했는
지라, 낮잠 자고 일어난 날, 베란다 고무호스 거실에 걸쳐
놓고 물안경 쓴 개구리 헤엄치며 놀던 일, 구름처럼 떠다니
는 문갑 밑에 숨은 먼지와 현관 앞 아수라장 신발들 갑자기
강물이 불어 강폭이 두 배로 더 넓어져 낡은 신발호 뱃머리
현관을 향해 있었던 일. 쓰레받기로 종일 물 퍼내다 칡꽃처
럼 파래졌던 일, 조용하면 더 불안한 계절, 동네 형아들이
찬 축구공 줄장미 벙근 현대아파트 넘어갔을 때, 시키지도
않은 공 찾겠다며 감나무 타고 담 타고 뛰어넘다 깨강정도

울고 갈 모래알 입술에 빽빽이 박힌 일. 학교 웅변대회 하
루 앞두고 장미꽃이 출혈을 막다가 붉어졌음을, 흉터 없이
꿰매달라고 부탁하느라 그때는 몰랐다. 엄마가 담 넘지 말
라는 말은 안 했잖아 이건 무슨 개풀 뜯어먹는 소리, 한치
앞도 모르는 게 세상일인데, 구멍이라는 구멍 콱콱 죄다 막
히는 줄 알았다. 야구하다 유리창 깨트린 일이야 순간의 실
수라 치자 동네 똘마니들이 영웅으로 모시는 녀석의 이야
기 풀자면, 한 이틀은 족히 밤을 새워도 모자랄 판이다. 엉
뚱한 거, 첫돌 때부터 알아봤다. 돌잔치 음식 하느라 정신
없을 때, 꼬꼬마 키 높이만 한 밀가루 포대자루 끌고 가서
는 쉬 싸놓곤, 발가벗고 뒹굴뒹굴 튀김옷 입혀놓은 새우마
냥 눈알만 또르르 굴린 일, 의젓한 청년이 된 지금 차도로
지엄마 보호한답시고 담벼락 확 밀쳐놓고는 녀석이 바깥쪽
걷는다. 사람들은 말썽 많이 피운 애들이 크면 의젓해진다
는 말 맞는 것 같기도 하다. 덩치 큰 자식 위로 올려다보는
기분 황홀하다.

    동네 비상전화 뚝 끊긴 화창한 봄날

생강나무와 산수유나무

누가 생강나무를 산수유나무라고 우긴다
동네 사람들은 체형이 달라도
큰언니랑 닮아서
사람들이 혼동할 때가 많다
생강나무예요, 말하고 싶다가도
한번 씨익 웃곤 산수유나무인 척할 때가 있다
언니랑 닮은꼴 쌍꺼풀 없는 눈하며
입 약간 나온 모양새
그리고 엄마 따라 시장 가면
똑같은 옷만 골라 입힌다는 것
자세히 보면 눈썹 몽글몽글 좀 더 짙은 게
저라고 말해줘도
다음날 또 헷갈려하신
특히 안골목 상봉이 엄마,
거울을 보면 가끔 젖살 빠진 이순화 씨가 서 있다

별 가까운 도라지밭으로 여행, 그 기록

우대식 / 시인

　시란 무엇인가에 대한 많은 정의가 있을 것이나 무엇보다도 1인칭 화자로서 시인의 정신세계의 발현 혹은 현실의 모순과 억압에 대한 고투의 현장을 시라 부르는 데에 다른 이견은 없을 듯싶다. 다른 말로 하면 집적된 자의식이 개인의 정서적 회로를 통해 어떻게 출력되는가 하는 문제가 시의 경향 혹은 시적 성취를 가늠하는 일이 될 터이다. 낭만주의 시론에 끈을 대고 있을 이러한 시에 대한 논의는 시대와 상관없이 시 장르론에서 보자면 여전히 유효하다. 자아라는 말이 이토록 번번이 쓰이는 장르는 시 이외에는 찾아보기 힘들 것이다. 심지어 최근 자아를 배제하고 시를 형상화하고자 하는 많은 욕망을 보는데 이 또한 시가 자아를 떼고는 이야기하기 어렵다는 반증의 하나일 뿐이다. 세계의 자아화라는 시 장르론도 이러한 사정이 반영된 것이기도 하다.

이가영의 첫 시집 『나는 무엇으로 만들어진 책일까』를 읽으며 가장 먼저 생각난 것은 도도한 자의식의 물결이었다. 시집 제목만 보아도 나를 읽어내겠다는 강렬한 욕망을 보여준다. 사실 '나라는 책을 읽는다'는 것은 괴롭기 짝이 없는 작업이며 동시에 일상 너머의 문제이다. 시가 초월적 양식이라는 점은 이러한 부분에서 명백하다. 나에 대한 규정과 나를 읽어내는 여행은 이 시집의 큰 테마를 이루고 있다.

가을이 깊어 아름다운 게 아니라
비 온 뒤,
단풍빛 모두가 아름답다

함께 젖지 못하는 나여,
하물며 붉게 탄 툇마루바람도 아름다운데
단풍나무와 단풍나무 그늘을 이해하려면
얼마만큼 나이를 먹어야 할까

나이가 들수록
차차 흐림 일기예보에 예민해져 간다
숲에서 나무들이 술렁인다
흠뻑 젖질 못하니
어느 가문비나무인들 좋아하리

내가 나무가 되어 만난다면

후두둑, 후두둑
남향집 햇볕 한가득 스며드는 곳에
키 큰 종려나무로 만나리

단풍으로도 물들지 못하는
나무여, 종려나무여

—「종려나무」 전문

이 시는 자아와 세계의 관계를 단적으로 보여준다. "가을"이라는 보편적 세계로부터 소외된 자아는 종려나무로 형상화된다. 비에 젖어 단풍빛으로 물든 나무들 가운데 함께 비에 젖지 못하는 자아의 형상을 종려나무에 빗댄 것이다. 이 시는 종려나무가 되고 싶다는 욕망 이전에 세계의 일부로 흡수되지 못한다는 절망이 전제되어 있다. 이 절망은 현실의 절망이며 현실의 부조화를 의미한다는 점에서 소외의 형식을 취하고 있다.

비가 와도 젖지 못하는 존재로서 살아야 한다는 비극적 실존은 현실 너머의 꿈을 꾸게 한다. 나무가 된다면 "키 큰 종려나무"로 만나겠다는 비현실적 욕망의 크기는 현실에서 소외된 거리와 비례한다. "남향집 햇볕 한가득 스며드는 곳"은 현상적으로는 종려나무의 아름다운 배경이 될 터이지만 끝내 현실에서 뛰어넘을 수 없는 바람일 뿐이다.

마지막 연의 탄식은 그러한 현실인식을 여실히 보여준다. "단풍으로도 물들지 못하는/ 나무여, 종려나무여"라는 탄식은 이 세계 속에서 분리된 자의 슬픔을 품고 있다. 그러나 이 분리 의식에서 비롯된 자아의 소외는 자처한 바의 소산이다. 때문에 탄식의 포즈를 띠고 있기는 하지만 근본적으로는 충만한 자의식의 결과인 것이다. 종려나무는 세상과의 불화 속에서 우뚝한 자의식의 한 표상이라 할 수 있다.

이가영의 시에서 종려나무와 같은 또 다른 표상의 하나는 호랑이다. 「범띠 가시내」라는 데서 촉발된 호랑이의 이미지는 일상의 뛰어넘고자 하는 의지를 보여준다. "나는 아직도 맹수의 본성이 살아 있는 것 같습니다. 포식을 끝내고 세상 휘저으려, 더 깊은 숲속으로 떠나려나 봅니다"(「본성」 부분)에서 보듯 세상을 휘저으려 더 깊은 숲속으로 가겠다는 욕망은 하나의 메타포로 기능하며 문학적 욕망을 의미하는 수사로 보는 것이 마땅하다. 이 자전적 발화는 다음 시에서도 확인할 수 있다.

비행학교 나온 무당벌레

강가 모퉁이 돌다가 묻은 물방울 제복

때글때글 대쪽 같은 팥알 같은 성격 탓에

여성 최초 파일럿,

하늘은 파랗다 못해 눈이 부신

첫 비행 전세기를 타고

날아오르는 물방울, 물방울들

조금만 방심해도 쏟아질 것 같은 불안증세 보이는

현기증난다는 그대들이여,

어디까지 비행해봤나 묻지 마라

아슬한 절벽 부딪힐 일은 추호도 없으니

너희들이 꿈꾸는 세계를

수천 번 비행 연습했다는 거

비행을 해보지 않고서는 날개에 대해 묻지 마라

희뿌연 안개꽃 피어도

별 가까운 먼 도라지밭까지 갔다 돌아오는,

나에게라는 삶은 추락이란 실수는 없으니

　　　　　　　　　　　　　　　　—「무당벌레」 전문

　이 시의 주요 재제인 무당벌레도 다분히 앞의 시 종려나
무처럼 자전적 의미를 담은 정서적 투영물이다. 무당벌레
를 "여성 최초의 파일럿"이라고 규정한 시구에는 비행에 대
한 자아의 강렬한 욕망이 투영되어 있다. 물방울무늬의 무
당벌레가 비행을 시도했을 때 외적으로 보이는 아슬아슬함
과 불안함은 가보지 않은 세계에 대한 도전의식이 함유되
어 있다. 마치 바다를 청무우 밭인 줄 알고 비행하다 지쳐
돌아온 김기림의 '나비'처럼 무당벌레의 비행은 최초의 그
것으로서의 미숙함을 고스란히 담고 있다. "조금만 방심해
도 쏟아질 것 같은" 무당벌레의 "물방울들"은 자아가 세계
를 마주하는 방식을 여실히 보여준다. 그것은 확정된 세계
로 비행이 아니라 어떤 불안감을 감수한 채 비행해야 하는
실존적 위기감을 동시에 내포하는 것이다.

　그러나 "무당벌레"로 표상된 자아의 내면은 견고하기 이
를 데 없다. "너희들이 꿈꾸는 세계를/ 수천 번 비행 연습했

다"는 내적 발언은 무당벌레에 투영된 시적 자아의 의식을 명백히 보여준다. "너희들"의 보편적 욕망으로서 "꿈"은 그저 상상될 뿐이지만 그 욕망의 구체적 실천인 "비행은" 아무나 할 수 있는 것이 아니다. 해보지 않은 자들에게 "비행"은 위험천만한 것이지만 "무당벌레"의 비행은 지속적이고 무수한 연습 끝에 이루어진 것이다. 이는 무당벌레로 투영된 자아가 세계에 대해 얼마나 심각한 내적 싸움을 하고 있는지 보여주는 것이다. "날개"를 가지고 있다는 사실은 새로운 인식을 가능하게 해준다는 것과 의미가 상통한다.

이 지점에서 시를 쓰는 자로서의 충만한 자의식을 찾아볼 수 있다. "별 가까운 먼 도라지밭까지 갔다 돌아오는" 여정은 끝내 "별"을 지향하고 있음을 보여준다. "나에게라는 삶은 추락이란 실수는" 없다는 단언은 별에 대한 지향이 삶의 완성이기 때문이다. 즉 삶의 추락이란 "별"에 대한 지향점의 소실을 의미하는데 시인은 별에 대한 지향을 멈추지 않을 것이다. 때문에 추락은 없다. 이 충만한 자의식이 자꾸 시에 대한 자의식으로 읽히는 것은 시를 통해 별에 도달하고자 하는 욕망이 시적 화자의 욕망으로 읽히기 때문이다. 별을 향한 시적 화자의 여행은 이 세상 끝까지 계속될 것이다.

별을 향한 시쓰기는 도대체 어떤 것인가 하는 문제에 대해 다음과 같은 시구에서 그 답을 찾을 수 있다. "치워라, 시/ 詩라는 건 말이야,/ 가슴에 남모를 한(恨) 방울방울 맺혀야 나오는 거지"(「자작나무 숲에서」부분). 무당벌레의

별을 향한 여행은 남모를 한을 찾아가는 여행이라 할 수 있다. 불타고 남은 뼛조각에 방울방울 달린 사리 같은 한의 흔적이 시가 된다는 것은 이가영의 시세계 전반에 흐르고 있는 비장함의 기저라고 할 수 있다. 한을 향해 간다, 멈추지 않는다, 그것이 비행이다. 따라서 사라질지언정 추락은 없는 것이다.

"무게만으로 알 수 없는 나여,/ 나는 무엇으로 만들어진 책일까"(「나는 무엇으로 만들어진 책일까」 부분)라는 물음은 결국 자신에 대한 탐구이며 동시에 자신의 한 혹은 상처를 읽어내려는 몸부림을 의미하는 것이기도 하다. "삶의 고비마다 상흔으로 남아 있으니/ 깨끗한 손으로 읽어다오"(「나는 무엇으로 만들어진 책일까」 부분)라는 바람은 그 시적 욕망을 명징하게 드러낸 것이며 또한 자신의 시적 고백이자 결의이기도 한 것이다.

이가영 시의 다른 특징 가운데 하나는 떠돌이 혹은 변두리 의식 같은 것이다. 그것은 안주의 욕망과 정반대의 것이라는 점에서 앞의 시에 나타나는 "비행"과 같은 의미를 띤다. 즉 일상적 욕망과 상대적이라는 점에서 이가영의 의식 세계를 살필 수 있다.

한밤중 찹쌀떡 사려어, 소리 참 듣기 좋지
옛적 어떤 재상 부인이
숯 사세요. 라고 외치는 숯장이 따라 집 뛰쳐나가듯
눈 내리는 밤, 콩나물 다듬던 나도
찹쌀떡 사내 따라 도망치고 싶어진다

탁발승 몸에 붙어살던 이蝨가

멧돼지 몸에 옮겨붙어 생명을 연명하듯

이만큼 살아주고 저만큼 살아가는

떡 파는 사내의 여자이고 싶다

그러다 사내 닮은 애 둘 낳고 살다보면

목구멍에 걸린 쥐 울음 같은 목소리가

새하얀 설원에 봇물 터지듯 나오는 날

사내 따라 함박눈 맞으며

어느 불 켜진 집 담 모퉁이 돌아나오겠지

찹쌀떡 사려어, 소리

전설처럼 들려 참 듣기 좋지

핸드백이 아니면 어때, 스티로폼 박스 어깨에 메고

경상도 사투리로 정감 있게 소리치면, 배 출출한

서울 사내들 찹쌀떡처럼 달라붙지 않겠어

올 겨울 이생에서 보냈던 모든 시간을 접고 전생 따라

슬슬 따라해볼까

찹쌀떡 사려어,

ㅡ「찹쌀떡」전문

　이 시는 설화적 모티브를 빌려 떠돌이의 욕망을 그리고 있다. '시'라는 것이 대개 고난과 결핍을 받아들이듯 이 떠돌이로의 욕망은 시사적으로 일정한 맥락을 형성하고 있다. 안주를 뿌리치고 일상의 관점에서는 이해할 수 없는 떠돌이에 대한 욕망을 드러내는 것은 규정지어진 자신의 삶을 벗어버리고 싶다는 것을 의미한다. 숯쟁이를 따라나선 재상 부인이라는 설화적 인물의 인유는 갇혀진 내면의 혹은 일상의 지루함에 대한 탈출을 상징한다. 이것은 물질적 욕망과는 거의 정반대의 욕망을 보여주는 것으로 거의 불교의 출가의 성격을 띠는 것이다.

"눈 내리는 밤, 콩나물 다듬던" 시적 화자가 불현듯 찹쌀떡 사내를 따라 도망치고 싶다는 생각을 하게 되는 것은 일상의 지루함 혹은 그저 그런 날들의 정적인 삶에 대한 회의에서 비롯되는 것이다. "이만큼 살아주고 저만큼 살아가는" 여자의 삶이란 사회적으로 비루함이라는 굴레를 쓰게 되기 십상이다. 그럼에도 불구하고 "사내 따라 함박눈 맞으며/ 어느 불 켜진 집 담 모퉁이"를 돌아나오는 꿈을 꾼다는 것은 현실적 욕망의 아스라한 소멸을 의미하는 것이기도 하다. "이생에서 보냈던 모든 시간을 접고 전생 따라/ 슬슬 따라해볼까/ 찹쌀떡 사려어,"라고 외치고 싶은 욕망은 유폐된 자아의 내면을 여항의 세계에 풀어놓음으로써 새로운 세계로 전입하고 싶다는 것을 뜻하는 것이다.

또한 이 떠돌이 의식에는 변두리 혹은 변방인의 인식이 아로새겨져 있다. 중심으로부터의 이탈은 시각의 변이를 불러온다. 즉 세계를 바라보는 보편적 시점과는 전혀 다른 시점에서 세계를 바라본다는 것은 세계관의 변이를 의미하는 것이다. 이는 어쩌면 시인의 기초적인 자질이며 동시에 이를 통해 정서적 보편성에 도달해야 한다는 문학적 과업을 보여주는 것이기도 하다.

한곳에 이십 년 변두리에 산 사람 앞에
변두리라는 말은 도시도 시골도 깡촌도 아닌
어중간한 사람으로 취급받는 것 같은
기분 뭐라고 설명해야 할까

흔들리는 마을버스 타고 길옆 까만 전봇대
일주일 매일 출근하는 가장의 쓸쓸한 어깨 같은 느낌
아니면,

시골 출신 이 아무개와 멱 감던 이야기해도 잘 통하고
도시 출신 김 아무개와 교문 앞 불량식품 이야기해도
잘 통하는
도시에서 십 년
시골에서 한 십 년 산 것 같은
어딜 가도 낯가림 없이 착착 잘 감겨드는 나팔꽃 같은
여자
89번 종점 첫 문장에 나팔꽃 비유하면 맞아떨어질까

그곳에는 당신이 살고 있었고
깡촌 살구마을 잠깐 다녀오곤
공기가 너무 좋다고 호들갑떠는 여자

마지막 종점 같은 사랑니,
가장 안쪽에 살다보니 첫사랑 가슴앓이 같은
명칭,

우리 집에 왜 왔니,

꽃 찾으러 왔다는 계집아이 같은

아직도 도시와 시골 뚜렷하게 선을 긋지 못하는

비포장 같은 변두리

　　　　　　　　　　　　　　　　　　—「변두리」전문

"도시도 시골도 깡촌도 아닌" 변두리의 삶에서 자신의 정체성을 찾는 이 시는 쓸쓸함의 정서가 깔려 있으면서도 오히려 미묘한 지점에서의 시적 발화를 꿈꾸고 있다. 변두리로서의 자기 정체성은 "까만 전봇대" 혹은 "가장의 쓸쓸한 어깨"로 형상화되어 있다. 중심으로부터 떨어진 거리에서 우두커니 서 있는 것들은 가난과 소외의 형상을 하고 있지만 한편 사유의 형상으로 보이기도 하는 것이다. 그저 바쁘게 주어진 과업을 따라 살아가는 존재들과는 달리 세상을 바라보거나 회의하는 국면을 통해 내면화된 변두리 혹은 주변인의 인식을 드러내는 것이기도 하다.

어디 출신과 이야기해도 잘 통하는 버스 종점 한 귀퉁이에 핀 나팔꽃 같은 여자가 시적 화자의 비유물이다. 지금과 달리 과거의 버스 종점이란 시내에서 멀리 떨어져 소위 시골 풍경을 띤 접경지역에 위치한 경우가 대부분이었다. 더군다나 아무도 보살피지 않는 후미진 곳에 피어오른 나팔꽃은 변두리의 절정이라 할 수 있다. 또한 그곳은 당신이 살고 있는 곳이다. "당신"이라는 실체는 구체적인 사람으로서의 그것이라기보다는 "첫사랑 가슴앓이 같은 명칭"이다.

어쩌면 최초의 시적 발화가 싹 튼 장소가 변두리로서의 그곳인 것이다. 그러한 의미로서 "비포장 같은 변두리"는 시적 화자의 정신적 고향이며 시적 발화의 근원지이기도 하다. 이러한 변두리에 대한 인식은 자연히 소외된 것들에 대한 연민으로 이어지기도 한다.

> 열 살쯤 동생 데리고 큰어머니집으로 더부살이 간
> 손끝 야무딱진 같은 반 경숙이가 아롱거린다.
> 큰어머니 밥집은 손님 늘 복작거렸다
> 학교 파하고 곧장 달려가야만 했던 큰집
> 언니 노릇하느라 동생 몫까지 눈칫밥 먹었을 쪼꼬미
> 몰래 흘린 눈물이 한 됫박쯤은 될 게다
> 그 애는 늘 손이 붉게 터져 있었다
>
> ─「쪼꼬미」부분

중심에서 밀려나 주변부의 삶을 살아가야 하는 친구 경숙이의 안타까운 삶을 이 시는 그리고 있다. 부모 잃은 아이들이 큰집으로, 작은집으로 더부살이를 하며 상처를 안고 살아가던 시절이 있었다. 동생을 데리고 더부살이를 떠난 친구 경숙이는 그 별명이 "쪼꼬미"였다. 남당리의 명물이었을 쭈꾸미의 변형된 별칭으로서의 "쪼꼬미"는 한없는 연민을 유발한다.

덩치도 몹시 작았을 것 같고 동생을 보호하기 위해 부지런을 떨었을 경숙이에게 붙여진 별명 "쪼꼬미"는 뿌리 없는 자의 슬픔을 그대로 보여준다. "눈물이 한 됫박"과 "손이 붉게 터져 있"는 것은 가난과 더부살이의 표상이면서 동시에 시적 화자의 관심이 어디에 있는지를 명확히 보여준다. 이 연민의 세계는 어머니나 아버지를 그릴 때도 여전히 작동한다.

어머니가 묵은 방 물고기 비늘 소복하다
손비로 쓸어 모으면 은빛 비늘들이 정담을 나눈다
아무나 받아들을 수 없는 목소리
청어와 같아 어물전에서 번지는
비린 냄새가 방 가득 풍긴다
간혹 코트 위에 떨어진 비듬을 보면
애초에 어머니와 나는 물고기 유전자를 가졌는지도 모른다
몸을 천천히 뒤척이는 걸 보면
파도에 쓸려간 지팡이가 생각난 걸까
내일 물고기 전문병원에 가야 한다
물고기 가운 걸친 의사가 있는 병원에는
바다를 목까지 당겨 덮은 물고기들이 나란히
이름표 달고 누워 몇몇은 티브이를 보기도 하고
인어 아가씨가 체온을 재고 병실 문 밖을 나가면
링거 속 떠내려오는 물방울 한 알씩 받아먹는다
물고기 꼬리보다 짧은 정오,
유리창에 헤엄쳐온 봄볕이 그물에 걸려든 멸치 떼처럼
잠시도 가만있지 못하고 파닥거린다
　　　　　　　　　—「어머니는 여든에 물고기가 되었다」전문

육친에 대한 이 아름답고도 슬픈 시는 독자를 끝없이 침잠하게 만든다. 소복한 은빛 비늘은 육친의 각질이며 어쩌면 죽음의 징조인지도 모른다. "아무나 받아들을 수 없는 목소리"를 듣는 자가 시인이라는 사실을 이 시는 확인시켜준다. 어머니가 머물던 방의 비린 냄새도 역시 인간의 육신이 마지막에 내뿜는 죽음의 냄새이다. 시적 화자는 어머니를 물고기라고 지칭한다. 육신의 각질과 죽음의 친연으로서의 냄새를 물고기로 치환시킴으로써 죽음에 이르는 어머니를 더 생생한 생명체로 그려내는 것이다. 더욱이 자신의 "비듬"과 어머니의 비늘을 동일화함으로써 어머니의 죽음을 더 온전한 생의 한 부분으로 구현하고자 하는 욕망을 보여준다.

"물고기 전문병원"은 노인 전문병원으로 "바다를 목까지 당겨 덮은 물고기들이 나란히" 누워 있는 곳이다. 물고기들은 물고기답게 "링거 속 떠내려오는 물방울 한 알씩 받아먹으"며 생을 연명하고 있다. 죽음으로 가는 물고기들 앞에 유리창의 봄볕은 "잠시도 가만있지 못하고 파닥거린다". 어머니에 대한 연민은 숭고하면서도 거룩하다.

이러한 인식은 일찍 세상을 떠난 아버지에 대해서도 마찬가지이다. "버드나무 사내"로 비유된 아버지는 "어린 버드나무에게 물고기 낚는 법을 가르"(「버드나무 사내」 부분)치던 자상했던 존재였다. 지금은 존재하지 않지만 시적 화자의 내면에는 여전히 존재하는 실체인 것이다. "저문 강에 나가보면/ 세상 떠난 이가 남기고 간/ 낚시대 드리운 버드나무가 꼭 하나씩 있다"(「버드나무 사내」 부분)는 시구는 누구에게나 기억할 버드나무 한 그루가 있다는 의미로 되새겨지는 것이다. 부모님에 대한 핍진한 비유는 정서적 보편성을 획득하며 독자에게 울림을 주는 것이다.

이가영의 시 가운데 또 다른 하나의 특징은 '언어유희'라고 할 수 있다. 그것은 하나의 재치이지만 범박한 일상 속의 즐거움 혹은 깨우침 같은 것을 동반한다. 가령 마릴린 먼로의 생을 형상화한 시에서 "가까이 하기엔 너무 먼 길, 길이 멀어서 서둘러 떠나버린 마릴린 먼, 路"(「마릴린 먼로」 부분)나 "역시 아재는 첫손에 꼽을 정도 花술이 뛰어나다"(「미나리아재비꽃」 부분)와 같은 시들이 언어유희를 구사하고 있는 부분들이다.

좀 더 흥미진진한 국면은 「괄호란,」과 같은 시편들이다. "시골형님은 아주버님을 괄호 밖에 내놓았다고 하신다/ 괄호 밖으로 내쫓기신 아주버님/ 어떻게 보면 ( ) 합장하신/ 부처님 손바닥 안에서 노시다"(「괄호란,」 부분)에서와 같이 괄호를 합장한 부처님 손으로 형상화한 부분은 고개를 끄덕이게 하는 발상을 보여준다. 데뷔작인 「연밥」도 이러한 발상 위에 기초해 있다. "연탄구멍에서 연꽃 향기 파렁파렁 올라왔다"(「연밥」 부분)는 시적 형상화도 연꽃 향기와 연탄가스라는 언어의 유사성에 주목한 결과이다. 이러한 부분들을 풍자의 형식으로 밀고 간다면 한층 새로운 시적 국면을 열 것이라 본다.

『나는 무엇으로 만들어진 책일까』를 읽으며 한 시인의 강렬한 자의식을 만났다. 수많은 비유들이 시적 여정 혹은 시를 향한 외로운 싸움으로 읽히는 이유는 내면화된 시인으로서의 자의식의 발로일 터다. 야생의 시인으로서 더 황막한 곳, 더 울 만한 곳, 더러 무인지경에 이르기를 바란다. 그 비밀스러운 통로로 안내하는 한 편의 시를 읽는 것으로 이 글을 마친다.

겁 많은 나비 보아도 힘센 나비 본 적 없었다
살포시 어깨에 내려앉은 나비
어떻게 하면 단숨에 무너뜨릴 수 있을지
나를 정복하려는 나비의 숨소리가 조금 낯설다
꼼짝 못하게 하는 저 힘은 어디에서 오는가
금색 꽃가루 흩뿌려지는 햇살 아래
순간 떠나버릴까 두려웠다
배롱나무 그늘 붉은 어느 여름날
날갯짓 작별 인사에도 노련함이 묻어 있는
어여쁜 애인이 떠나갔다

—「나비」 전문

현대시세계 시인선 110
나는 무엇으로 만들어진 책일까

지은이_ 이가영
펴낸이_ 조현석
기 획_ 백인덕, 고영, 박후기
펴낸곳_ 북인
디자인_ 푸른영토

1판 1쇄_ 2020년 02월 10일
출판등록번호_ 313 - 2004 - 000111
주소_ 121 - 842 서울 마포구 서교동 467 - 4, 301호
전화_ 02 - 323 - 7767
팩스_ 02 - 323 - 7845

ISBN 979-11-6512-110-5   03810
ⓒ 이가영, 2020

이 도서의 국립중앙도서관 출판예정도서목록(CIP)은 서지정보유통지원시스템
홈페이지(http://seoji.nl.go.kr)와 국가자료종합목록시스템(http://www.nl.go.kr/
kolisnet)에서 이용하실 수 있습니다. (CIP제어번호 : CIP2020003535)